1905 - Novembre 25

VENTE

Du Samedi 25 Novembre 1905

HOTEL DROUOT, SALLE Nº **11**

à 2 heures

TABLEAUX

ANCIENS ET MODERNES

AQUARELLES, DESSINS, PASTELS, GRAVURES

CADRES

COMMISSAIRE-PRISEUR

Mᵉ PAUL CHEVALLIER

EXPERT

M. JULES FÉRAL

CATALOGUE

DES

TABLEAUX

ANCIENS ET MODERNES

AQUARELLES, DESSINS, PASTELS

PAR

ANDRIESSENS, VAN ARTOIS, E. DE BEAUMONT,
BERCHÈRE, BELLOTTO, BOILLY, O. ELLIGER, LEBOURG, NETSCHER
PIAZETTA, VAN POL, S. RICCI, SANTERRE, P. SNAYERS,
TAUNAY, WILLEMS, J. DE WIT, PIERRE WOUWERMAN, ETC., ETC.

Provenant

De la Collection Arsène HOUSSAYE

TABLEAUX, AQUARELLES, DESSINS
CADRES

Appartenant à divers

ET DONT LA VENTE AURA LIEU

HOTEL DROUOT, SALLE N° 11
LE SAMEDI 25 NOVEMBRE 1905

à 2 heures

COMMISSAIRE-PRISEUR	EXPERT
Mᵉ P. CHEVALLIER	**M. JULES FÉRAL**
10, rue Grange-Batelière	7, rue Saint-Georges

EXPOSITION PUBLIQUE
Le Vendredi 24 Novembre 1905, de 1 h. 1/2 à 5 h. 1/2

CONDITIONS DE LA VENTE

Elle sera faite au comptant.

Les acquéreurs paieront *dix pour cent* en sus des enchères.

Paris.—Imprimerie de l'Art, E. Moreau et Cie, 41, rue de la Victoire.

DÉSIGNATION

TABLEAUX ANCIENS ET MODERNES
PASTELS ET DESSINS
Provenant de la Collection Arsène HOUSSAYE

DESSINS ET PASTELS

BOZE (Attribué à)

1 — *Portrait d'Homme, en habit bleu.*
Pastel.

MICHEL (Georges)

2 — *Paysages, avec moulins à vent.*
Trois dessins.

NATTIER (D'après)

3 — *Portrait de Femme, en corsage bleu, en-guirlandée de fleurs.*
Pastel, de forme ovale.

4 — *Portrait de Femme, personnifiant une source.*
Pastel.

ROSALBA (Attribué à)

5 — *Portrait de Femme, en buste.*
   Pastel.

6 — Sous ce numéro, qui sera divisé, seront vendus des aquarelles et dessins non catalogués.

TABLEAUX

ANCIENS ET MODERNES

BERCHÈRE

7 — *Une Rue du vieux Caire.*

BELLOTTO (BERNARD)

8 — *Le Quai des Esclavons, à Venise.*

BOUCHER (D'après F.)

9 — *Le repos de Diane.*
   Dessus de glace.

COELLO (Genre de)

10 — *Portrait d'un Gentilhomme, en buste.*

CROOS (Attribué à)

11 — *Moulin, au bord d'une rivière.*

DANLOUX (Attribué à)

12 — *Portrait d'une Jeune Miniaturiste.*
   Cadre en bois sculpté.

DUCQ (Genre de Jean le)

13 — *La Partie de musique.*

DORÉ (Armand)

14 — *Portrait de Jeune Femme.*
Signé et daté : *1856.*

ERPIKUM

15 — *Jeune Femme portant un masque.*
Signé à gauche.

GÉRARD (Attribué à Mᴵˡᵉ)

16 — *Portrait de Femme, en buste.*

GREUZE (Genre de)

17 — *La Jeune Fille à la colombe.*

KAUFFMANN (Attribué à Angelica)

18 — *Jeune Femme, tenant un livre à la main.*
Toile de forme ovale.

MARILHAT (Attribué à)

19 — *Oasis dans le désert.*

MIGNARD (École de)

20 — *Portrait de Femme, en robe grise et fichu vert.*

21 — *Portraits d'une Princesse et d'un Jeune Prince.*

22 — *Portrait de Femme, en corsage de dentelles.*

MIGNARD (École de)

23 — *Portrait de Femme, à mi-corps, avec écharpe de soie jaune.*

Toile de forme ovale.

24 — *Portrait de Femme, en corsage noir brodé d'or.*

Toile de forme ovale.

25 — *Portrait d'Homme, couvert d'un manteau brodé d'or.*

Toile, de forme ovale.

NETSCHER (THÉODORE)

26 — *Portraits d'un Officier et d'une Dame vêtue de blanc.*

OSTADE (D'après VAN)

27 — *Villageois dans un intérieur.*

PRIMATICE (Attribué au)

28 — *Le Triomphe des Arts.*

PRUD'HON (École de)

29 — *Sujet mythologique.*

RIGAUD (École de)

30 — *Portrait de Femme en corsage gris, manteau vert.*

Toile de forme ovale.

SANTERRE

31 — *Portrait d'un Acteur.*
Cadre en bois sculpté.

SARTO (Attribué à André del)

32 — *La Vierge, l'Enfant Jésus et saint Jean-Baptiste.*

TIEPOLO (Attribué à)

33 — *Étude pour un plafond.*
Toile de forme ronde.

TENIERS (D'après)

34 — *Les Fumeurs.*

TROY (Attribué à F. de)

35 — *Portrait de Jeune Femme, entourée d'un manteau rouge.*

VERDIER (N.)

36 — *Jeune Femme portant des fleurs.*
Toile de forme ovale.

VERNET (Attribué à Horace)

37 — *Épisode des Guerres d'Espagne.*

VÉRONÈSE (D'après P.)

38 — *Moïse sauvé des eaux.*

ÉCOLE ALLEMANDE

39 — *La Vierge, l'Enfant Jésus et sainte Anne.*
Cadre en bois sculpté.

ÉCOLE FRANÇAISE (XVIIIᵉ siècle)

40 — *Portrait de Femme, accoudée sur une console.*

ÉCOLE ITALIENNE

41 — *Saint Jean-Baptiste.*
Peinture sur fond d'or.

42 — *Portrait d'un Gentilhomme, à mi-corps.*

ÉCOLE DE SIENNE

43 — *Saints personnages.*
Peinture sur fond d'or.

ÉCOLE VÉNITIENNE

44 — *Portrait de Femme, en buste.*

45 — Sous ce numéro, qui sera divisé, seront vendus des tableaux non catalogués.

TABLEAUX ANCIENS ET MODERNES

AQUARELLES, DESSINS, PASTELS

APPARTENANT A DIVERS

DESSINS

PASTELS, AQUARELLES

GRAVURES, CADRES

DAUZATS

46 — *Vue de la Cathédrale de Bordeaux.*
Aquarelle.
Signée et datée : *1832.*

ÉCOLE FRANÇAISE

47 — *Jeune Femme, coiffée d'un chapeau orné de pâquerettes.*
Pastel.

ÉCOLE MODERNE

48 — *Vue de Village,*
Étude sur carton.

49 — Trois gravures, d'après FRAGONARD ET WATTEAU.

5o — Un lot de cadres. (Ce lot sera divisé.)

5ı — Sous ce numéro, qui sera divisé, seront vendus des dessins, pastels, aquarelles et gravures non catalogués.

TABLEAUX

ANCIENS ET MODERNES

ALBANE (Attribué à)

52 — *Amours voltigeant dans les nues.*

ANDRIESSENS (HENRI)

53 — *Fleurs et nature morte.*
Signé et daté : *1635.*

ARTOIS (VAN)

54 — *Paysage animé de figures.*

BEAUMONT (E. DE)

55 — *Canotiers et Canotières.*
Signé à gauche.

BOILLY

56 — *Portrait d'Homme.*

(*Vente Mniszech.*)

BRAKENBURG (Attribué à)

57 — *Villageois goûtant du vin.*

BRUNER-LACOSTE

58 — *Fleurs et Chapeau de paille.*

CAMPRIANI

59 — *Vue des environs de Naples.*
Signé à gauche.

CAMPRIANI

60 — *Le Bain de l'âne.*
Signé à gauche.

61 — *Vue de Capri.*
Signé à gauche.

62 — *Entrée du Grand Canal, à Venise.*

CHARLET (Genre de)

63 — *Chasseur interrogeant un paysan.*

COIGNET

64 — *Jésus et la Samaritaine.*

DARGELAS

65 — *L'École buissonnière.*
Signé à gauche.

DOLCI (Attribué à CARLO)

66 — *La Vierge au voile bleu.*

DUPUIS (PIERRE)

67 — *Une Bonne Nouvelle.*

68 — *Aux Champs.*
Signé à droite.

DUVAL (ALIX)

69 — *Le Réveil.*
Signé à droite.

ELLIGER (Otmar)

(DEUX PENDANTS)

70 — *Marc Antoine et Cléopâtre.*
— *La Mort de Cléopâtre.*

KOCK

71 — *Paysage, avec cours d'eau et animaux.*
Signé à droite.

LAMBERT (E.)

72 — *Paysage, avec cours d'eau.*
Signé à droite.

LARGILLIÈRE (Attribué à)

73 — *Portrait de Femme, couverte d'un man-
teau rouge.*
Toile, de forme ovale.
Cadre en bois sculpté.

LEBOURG (A.)

74 — *Le Moulin.*
Étude.

LEPRINCE (Attribué à J.-B.)

75 — *Fête villageoise.*

LOO (F. Van)

76 — *Le Potager.*
Signé et daté : *1871.*

MANZONI (D.)

77 — *Les Bûcherons.*
Signé à gauche.

MOLENAER (Attribué à JEAN)

78 — *La Partie de cartes.*

OSTADE (Genre de VAN)

79 — *Fumeur, coiffé d'un grand chapeau de feutre.*
Bois.

80 — *Buveur, accoudé sur une table.*
Bois.

PETIT (EUGÈNE)

81 — *Oranges, grenade, sucrier et objets divers.*
Signé à droite.

82 — *Pivoines dans un vase.*
Signé à gauche.

PIAZETTA

83 — *Vieillard en prière.*
Toile, de forme ovale.

POL (VAN)

84 — *Vase de fleurs et nid d'oiseau.*

PORBUS (École de)

85 — *Portrait d'Homme tenant des gants.*
Bois.

POUSSIN (Attribué à NICOLAS)

86 — *Le Ravissement de saint Paul.*

RIGAUD (Attribué à)

87 — *Portrait de Femme, en corsage blanc et manteau rouge.*

Toile, de forme ovale.
Cadre en bois sculpté.

SALVATOR ROSA

88 — *Armée en marche.*

SAUVAGE (Genre de)

89 — *La Charité romaine.*

SCHINAGEL (M.-J.)

(DEUX PENDANTS)

90 — *Paysages, avec cours d'eau, cascade et figures.*

L'un d'eux signé à droite.

SNAYERS (PIERRE)

91 — *Combat de cavalerie.*

Cuivre.

(*Vente Mniszech*)

TAUNAY

92 — *Paysage traversé par une route, avec bergers et animaux.*

TAYAU

93 — *Bouquet de fleurs.*

Signé à droite.

TERBURG (D'après)

94 — *La Partie de musique.*

TERBURG (Genre de)

95 — *Étude de gentilhomme.*

TOURNIÈRES (Attribué à ROBERT)

96 — *Portrait d'un Officier en cuirasse*

ULBRICHT (J.-P.)

97 — *Paysage, avec rochers, cours d'eau et figures.*

Signé et daté : *1815.*
Cuivre.

VLIEGER (Attribué à SIMON DE)

98 — *Entrée d'un Port hollandais.*

VOUET (Attribué à SIMON)

99 — *L'Assomption de la Vierge.*

WILLEMS

100 — *Visite à l'antiquaire.*
Signé à gauche.
Toile.

WIT (JACQUE DE)

101 — *Génie accompagné d'Amours.*
Esquisse.

(Vente Mnisech.

WOUWERMAN (Pierre)
(DEUX PENDANTS)

102 — *Le Départ pour la chasse au faucon.*

— *Halte de chasseurs.*

ECOLE ALLEMANDE

103 — *Buste d'Homme, couvert d'un manteau rouge.*
Bois.

ÉCOLE HOLLANDAISE

104 — *Portrait d'un Gentilhomme, en buste.*
Daté : *1600.*

ÉCOLE MODERNE
(DEUX PENDANTS)

105 — *Vue des bords de la Méditerrannée.*

ÉCOLE MODERNE

106 — *Canal traversant une ville.*

107 — *La Chaumière.*

108 — *Un Cheval de trait.*

ÉCOLE VÉNITIENNE

109 — *Portrait de Femme âgée.*

(*Vente Mniszech.*)

110 — Sous ce numéro, qui sera divisé, seront vendus des tableaux non catalogués.

RED.:

16

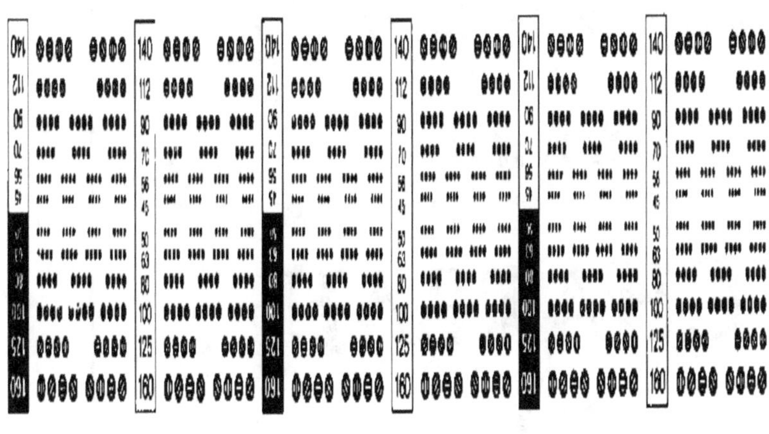

MIRE ISO N° 1
NF Z 43-007
AFNOR
Cedex 7 - 92080 PARIS-LA-DÉFENSE

0 1 2 3 4 5 6 7 8 9 10

BIBLIOTHEQUE NATIONALE DE FRANCE

****

CHATEAU DE SABLE

1996

9 782329 308036